한국 희곡 명작선 82

욕망의 불가능한 대상

한국 희곡 명작선 82

욕망의 불가능한 대상

신영선

평민사

신영선

욕망의 불가능한 대상

등장인물

남정현 : 39세. 남. 가수, 배우. 목소리만 등장한다.
민가연 : 40세. 여. 정현의 아내
한재혁 : 40세. 남. 정현의 매니저, 기획사 대표
윤소진 : 29세. 여. 정현의 팬, 기획사 직원

때와 장소

현대, 대극장의 로비와 분장실

무대

대극장의 분장실과 로비. 로비 구석에 엘리베이터가 있다.
분장실 벽에는 무대로 나가는 문, 로비에는 등받이 없는 벤치가
있다.

프롤로그

도심의 소음. 어렴풋한 어둠. 바람소리. 도심의 빌딩 옥상이다.

엘리베이터가 올라와 '땡' 소리와 함께 40층에서 멈춘다. 한 남자가 엘리베이터에서 나와 까마득한 아래를 내려다본다. 난간을 넘어 뛰어내리는 시늉을 해 본다. 엘리베이터가 다시 내려가기 시작한다. 남자는 담배를 꺼내 물고 불을 붙일까말까 망설인다.

1층까지 내려갔던 엘리베이터가 40층에 다시 멈춘다. 남자는 엘리베이터에서 내리는 여자를 돌아본다. 여자는 그가 있는 것을 모르고 아래를 내려다본다. 빨간 핸드백에서 쪽지를 꺼내어 읽어본다.

소진   (녹음된 목소리) 삶은 비싸고 저는 가난합니다. 그러니 누구의 책임도 아니며 저의 허물 역시 아닙니다. 그저 흔히 있는 일이려니 하세요.

쪽지를 접어 핸드백과 함께 발밑에 놓는다. 남자는 그녀를 잡으려고 몸을 일으킨다. 여자는 신을 벗으려다가 망설인다. 남자는 기다린다. 여자는 신을 벗어 가지런히 놓고 아래를 내려다본다. 남자는 뛰어들 태세를 갖춘다.

남자의 휴대폰이 울린다. 벨 소리는 청아한 테너의 독창이다. 여자는 소스라치게 놀라 돌아본다. 남자는 휴대폰을 꺼내 전화를 받지 않고 그대로 난간에 올려놓는다. 음악이 계속되면서 서서히 거리의 소음이 가라앉고 사방에 조명이 들어온다. 여자는 주저앉는다. 긴장이 풀리고 울기 시작한다. 남자는 음악을 틀어둔 채 조용히 옥상을 떠난다. 엘리베이터의 숫자가 내려간다.

1막

1장

음악이 계속된다. 분장실. 재혁이 화장대에 걸터앉아 있다. 빈틈 없이 닐럽한 정장차림. 은회색 넥타이가 반짝인다. 오른손에 붕대를 감고 있다. 옆에 큼직한 서류 가방이 열려 있다. 재혁은 서류에 사인을 하고 있지만 다친 손이 아파서 쉽지 않다. 엘리베이터가 지하에서 올라와 2층에 멈춘다. 소진이 엘리베이터에서 내려 분장실 문을 노크한다.

재혁 들어오세요. (소진이 분장실로 들어선다) 윤소진 씨?

소진 네.

재혁 한재혁입니다. 앉으세요.

소진은 앉는다. 청바지에 티셔츠, 운동화. 아무 장신구도 없고 머리도 간단히 묶어 올렸다. 평소 외모에 전혀 관심이 없는 듯하다. 재혁은 소진의 이력서를 들춰본다.

재혁 좋은 학교 나오셨네요.

소진 네.

재혁 저희한텐 좀 과분한데요.

소진	저도 이런 일 처음이라 잘 모르겠어요.
재혁	(웃는다) 별 거 아닌데… 몸이 좀 피곤하죠.
소진	(음악에 귀를 기울인다) 직원 아니면 알바라도….
재혁	더 좋은 일 소개해 줄게요. (휴대폰을 꺼낸다) 잠깐만요.
소진	(일어난다) 안 돼요!
재혁	(흥미가 생겼다. 그녀를 쳐다본다.)
소진	대출 갚아야 해서요. 학자금….
재혁	이 일 해선 대출 못 갚아요. (음악을 끈다)
소진	(음악이 꺼지는 순간 움찔한다)….
재혁	남정현이라고, 우리 주인공이에요.
소진	알아요.
재혁	공연 두 달인데, 끝까지 갈 수 있어요?
소진	네.
재혁	(서류를 보며) 휴대폰 번호가 없네요?
소진	받는 건 돼요. 적을까요?
재혁	이 주소는?
소진	고시원이에요.
재혁	급한 연락 생기면?
소진	정시 출근할게요.
재혁	무슨 일이 있어도?
소진	지각 같은 거, 해본 적 없어요.
재혁	왜 하필 이 일이죠? (소진은 대답하지 않는다) 꼭 하고 싶어요?
소진	네.

재혁 그럼 해요. (일어난다) 계약서 씁시다. (서류와 펜을 건넨다) 보시다시피 손이 이래서. 일단 거기 날짜 쓰고 사인만 해 줘요.

소진 (말없이 쳐다본다)

재혁 (웃는다) 읽어봐요. 항상 쓰는 거니까.

소진은 서류를 읽어 보지 않고 서명한다. 재혁의 휴대폰이 울린다. 벨 소리는 처음과 같다. 소진은 벨소리에 반응을 보인다. 재혁은 그녀를 지켜보다가 느지막이 전화를 받는다.

재혁 어이, 이 기자. 스팟 봤어. 고맙다. 인터뷰 따러 언제 올 거야? 응, 오늘 괜찮아. 제수씨하고 한번 와. (사이) 그래? 언제부터? 전해줄게. 정현이는 팬들을 정말 사랑하거든. 하하… 미안, 미안. 그래도 제수씨랑 같이 올 거지? 수고.

재혁이 전화를 하는 동안 소진은 분장실 안을 흥미롭게 둘러본다. 상자에 팬레터와 선물이 수북하다.

재혁 팬들 선물이랑 편지에요. 정현이가 절대 못 버리게 하거든요. (갑자기) 선불, 필요하죠?

소진 (얼굴이 달아오른다) 아뇨, 전…,

재혁 신경 쓰지 말아요. 흔한 일이니까. (왼손으로 계약서에 몇 자 적는다) 로비에 나가면 우리 직원들 있어요. 그리고 이거. (무전기를 준다) 근무 중엔 꼭 켜두고요.

소진	네.
재혁	(문을 가리킨다) 이 문은 무대로 바로 나가는 거니까 조심해요. 공연 시간 외엔 잠가두고요. (문을 잠그고 열쇠를 서랍에 넣는다) 열쇠는 여기.
소진	네.

재혁의 무전기에서 소리가 들린다.

무전기	대표님, 방송국에서 오셨는데요.
재혁	(시계를 보며 일어난다) 벌써? 정현이 아직 안 왔는데. 일단 내가 나갈게. (가방을 챙기며 소진에게) 우선 여기 정리 좀 해줘요. 그럼 오늘부터 같이 가는 겁니다.

재혁은 가방을 들고 나가서 엘리베이터를 탄다. 엘리베이터가 내려간다. 소진은 의상에 붙은 이름표를 읽는다.

소진	체를리나 조수정, 돈 조반니… 남정현.

소진은 정현의 이름표와 의상을 만져본다. 화장대의 조명을 켠다. 핸드백에서 연두색 봉투를 꺼내어 서랍에 넣는다. 무전기 소음.

무전기	(재혁) 소진 씨, 들려요?
소진	(허둥지둥 마이크를 찾는다) 네? 네.

무전기 (재혁) 분장실에 프로그램 상자 있어요. 1층 로비로 갖다 줘요. 얼른.

소진은 프로그램 상자를 찾다가 팬레터 상자를 엎는다. 쏟아지는 형형색색의 팬레터들. 소진은 팬레터들을 대충 모아 넣는다. 무전기를 허리에 차고 리시버를 귀에 꽂은 뒤 프로그램 상자를 든다. 마지막으로 잊었던 서랍을 닫고 나간다. 조명이 꺼지고 화장대의 불빛만 남는다.

소진 (녹음된 목소리) 그대 목소리에 내 마음 열리고 나는 살고 싶어졌습니다. S.

엘리베이터가 1층에 멈춘다. 재혁이 엘리베이터에서 나와 임의의 남성 관객에게 악수를 청한다.

재혁 한재혁입니다. TBS 이용철 기자님이시죠?

관객 아닌데요.

재혁 (뻔뻔하게) 아, 대신 오셨구나? 실례했습니다. 성함이? (관객 반응에 따라 애드립. 벤치에 앉는다) 마이다스의 손이요? 이 손 말입니까? (붕대를 감은 손을 들어 보인다) 아직 잘 모르겠는데요. (웃는다) 원작은 다 아시다시피 모차르트 오페라죠. 정현 씨가 뮤지컬은 처음이라서요. 모험이죠. 기획 의도라… '남정현' 하면 생각나는 모범생 이미지를 뒤집어보고 싶었어요. 솔직히 저도 놀랐습니다. 타고난 바람기를 여태 감추고 살았더라고요. 누가 압니까. 실은 처음부터 돈 조반니였는지. (웃는다) 아, 조수정 씨요? 진짜 사귀냐고요? 물어봐 드릴까요? 저기 본인들이 오니까 직접 물어보세요. 다음 주에 사인회 있는 거 아시죠? 기사 끝에 좀 넣어주시구요. 잠깐만요. 자료 가져다 드릴게요.

인터뷰를 하는 동안 소진이 분장실에 들어온다. 기획사 유니폼 티셔츠를 입고 무전기 리시버를 끼고 있다. 정현의 서랍을 열어 빈 것을 확인하고 얼굴이 밝아진다. 재혁이 분장실로 들어온다.

재혁	아직 퇴근 안 했어요?
소진	대표님도 늦으셨네요.
재혁	인터뷰 했어요.
소진	대표님이요?
재혁	왜, 이상해요? (웃는다) 나까지 보자고 하는 건 뒷말이 많다는 뜻이에요. 일이 많죠?
소진	(망설인다) 그거… 진짜에요?
재혁	뭐요?
소진	조수정이랑 사귄다는 거요.
재혁	(피식 웃는다) 그게 왜요.
소진	두 사람, 그렇게 안 보이던데요.
재혁	아무 사이도 아니에요. 정현이 와이프가 알면 죽어요.

소진   (더 실망한다) 아….

재혁   (가방을 챙겨들고) 퇴근합니다. 소진 씨도 얼른 가요. 아니… 태워다 줄까요?

소진   (시선을 피하며) 아뇨, 아직 버스 있어요.

재혁   그럼.

재혁은 실짝 고개를 끄덕여 보이고 나간다. 소진은 의상 중에서 웨딩베일을 만져본다. 화장대 거울에 비친 자기 모습을 본다. 핸드백에서 연두색 엽서를 꺼내 한 줄 적어서 서랍에 넣고 화장대의 조명을 끈다. 어둠 속에서 조용히 흐느끼는 소리.

소진   (녹음된 목소리) 나는 그대를 사랑합니다. 그러나 그것이 그대와 무슨 상관이 있습니까? -S

2장

로비. 공연 직전의 소음. 소진은 관객들에게 프로그램을 팔고 있다. 엘리베이터가 지하 3층에서 2층을 향해 올라온다.

소진   만 오천 원입니다. 견본 여기 있어요. 꽃다발은 저쪽 물품 보관소에 맡겨 주세요. 또 오셨네요. 반갑습니다. 배우 분 누구요? 네, 공연 후에 전달해 드리겠습니다. 오늘 출연자

명단 저쪽 배너에 있어요. OST 계획 중입니다. 공식계정 확인해주세요. 화장실 저쪽입니다. 공연 곧 시작하니까 서둘러 주세요.

개막을 알리는 종이 울린다. 웅성거리는 소리가 잦아든다.

방송 잠시 후 공연이 시작됩니다. 관객 여러분께서는 자리에 앉아 주시기 바랍니다.

엘리베이터에서 가연이 나온다. 머리부터 발끝까지 고급스럽게 차리고 명품 쇼핑백을 잔뜩 들었다. 가연은 소진의 앞을 지나쳐 객석으로 들어가려 한다. 소진이 가로막는다.

소진 손님? 죄송합니다만 쇼핑백은 물품 보관소에 맡겨 주시겠어요?

가연 (어이없다는 듯이 쳐다본다) 이건 맡길 수 없는 건데요.

소진 이런 큰 가방은 가지고 입장하실 수 없어요. 규정상….

가연 맡길 수 없다고 했을 텐데요.

소진 다른 관객 분들께 방해가 됩니다. 입장하실 수 없어요.

가연은 대꾸하지 않고 전화를 건다.

가연 나 왔어요. 2층 로비예요. 문제가 좀 있네요. (전화를 끊는다)

가연은 소진을 신경 쓰지 않고 벤치에 앉는다. 소진은 가연을 관찰한다.

방송 관객 여러분께 안내 말씀 드리겠습니다. 이제 곧 공연이 시작됩니다. 가지고 계신 휴대전화의 전원이 꺼졌는지 다시 한 번 확인하여 주시기 바랍니다. 또한 사전에 공연장과 협의되시 않은 촬영과 녹음은 일절 금지하고 있으니 이 점 유의하시기 바랍니다.

재혁이 뛰어 들어온다.

재혁 왔어요? 미리 전화하지 그랬어요.
가연 (쇼핑백을 들어 보인다) 이걸 가지곤 못 들어간다고 하네요.
재혁 분장실에 두죠.

재혁은 오른손으로 쇼핑백을 받아들다가 아파서 떨어뜨릴 뻔하고 왼손으로 바꿔 든다.

가연 손은 왜 그래요?
재혁 싸움질 했어요.
가연 어머, 누구하고요?
재혁 그런 게 있어요. 갑시다.

재혁은 분장실로 간다. 가연은 뒤따라간다. 소진은 기가 막힌다. 재혁은 화장대 위에 쇼핑백을 놓는다. 가연은 쇼핑백에 관심을 두지 않고 분장실을 둘러본다. 〈돈 조반니〉 서곡이 들린다.

가연　　분장실 좋네요.

재혁　　어수선하죠?

가연　　다 그렇죠 뭐.

재혁　　공연 봐야죠.

가연　　재혁 씨는요?

재혁　　바로 나와야 돼요.

가연　　혼자 보기 싫은데….

재혁　　(웃는다) 남편이 옆자리가 아니라 무대 위에 있으니….

두 사람은 무대로 향한 문을 쳐다본다.

가연　　잘 해요?

재혁　　잘 하고 있어요.

가연　　(무심하게) 다행이네요. 좀 불안했는데.

재혁　　(냉소적으로) 지나치게 잘해서 탈이죠. (무전기 소음)

무전기　　(소진) 대표님, 언더 대기하고 있어요?

재혁　　누구 언더?

무전기　　(소진) 돈 조반니요.

재혁　　왜? (가연에게) 여기 있어요. (뛰어나간다)

재혁이 나가자 가연은 잽싸게 화장대 서랍을 뒤진다. 뜯어진 담배 꾸러미가 나온다.

가연   몬테… 크리스토?

담배를 다시 넣어둔 뒤 다른 서랍을 열자 은회색 봉함엽서가 나온다. 출입구 쪽을 돌아본 뒤 봉함을 뜯는다.

가연   (읽는다) 'S에게. 상관있습니다. J. H.' 정현 씨? S가 누구야?

재혁이 들어온다. 가연은 반사적으로 엽서를 다시 서랍에 넣는다.

재혁   뭐예요?
가연   팬레터인가 봐요.
재혁   한번 열어 보지 그래요.
가연   집에도 잔뜩 쌓였는데요 뭐.
재혁   (의미심장하게 웃는다) 그렇죠? 새삼스럽게.
가연   밖에 무슨 일 있어요?
재혁   정현이가 좀 어지럽다고 해서 언더 대기시켜 놨어요.
가연   어디 아파요?
재혁   과로죠 뭐, 무슨 감을 찾는다면서 저녁도 굶고.
가연   정말이요?
재혁   개막한 지 사흘이라 아직 손볼 데가 많아요.

가연	한 달이나 밤 샜잖아요.
재혁	어쩌겠어요. 주연 둘이 다 신인인데. (피로한 듯 앉는다)
가연	무리하게 진행한 거 아니고요?
재혁	개막 닥쳐서 안 무리한 진행은 없어요. 밀어붙이지 않으면 되는 일이 없거든요. 툭 하면 안전사고에 루머에 자기네끼리 싸움질에, 아주 죽겠어요.
가연	그렇구나.
재혁	정현이 자식… 지 맘에 들 때까지 한없이 물고 늘어져요. 앙상블이고 스태프고 다 죽어 나간다니까요. 하긴 본인이 제일 피곤하죠. 자기 연기가 마음에 안 들면 불안해서 잠을 못 자니까요. 그래서 개막 전날 밤 샜어요.
가연	그런 얘길 왜 지금 해요….
재혁	가연 씨는 뮤지컬 반대였잖아요.
가연	그냥, 안 어울릴 거 같아서.
재혁	솔직히 나도 그랬어요. 그런데 지금 생각하니까 하자는 대로 해주길 잘했어요.
가연	다 재혁 씨가 벌인 일 아니었어요?
재혁	(쓸쓸하게 웃는다) 나야 항상 뒤치다꺼리죠 뭐. 요즘 연기에 재미 들려서 신났습니다, 아주.
가연	(냉소적으로) 재미, 있겠죠.

재혁은 서랍에서 담배 꾸러미를 꺼낸다. 몇 개비를 꺼내 담뱃갑에 넣는다.

재혁 실은 오늘 컨디션 불안해서 뺄까 했어요. 그런데 죽어도 하겠다잖아요. 오늘 못 서면 다시는 뮤지컬 안 한다고 부득부득 우기는 데 아주 환장하겠더라고.

가연 참… 지극정성이야. 재혁 씨도 담배 피워요?

재혁 그냥, 접대용이에요. (담뱃갑을 주머니에 넣는다) 공연이 잘 나와서 다행이에요. 반응도 좋고. 연장 갈 수 있을 거 같아요.

가연 또 해요?

재혁 (웃는다) 연장을 가야 제작비가 나와요. 한 2주 지나서 탄력 받으면 할 만해요. (사이) 되도록 혹사 안 시킬게요.

가연 캐스팅은… 배우들은 그대로 쓸 거예요?

재혁 수정이요? (대답이 없다) 그냥 어린애예요. 신경 쓰지 마요.

가연 (애써 모르는 척한다) 누구 말이에요?

재혁 가연 씨, 괜찮아요.

소진이 팬레터 상자를 안고 분장실에 들어온다.

재혁 (소진에게) 그거 여기 아닌데.

소진 배우 분들한테 온 건데요. (서랍에서 봉함엽서를 몰래 집는다)

재혁 일단 내 사무실에 둬요.

소진 네. (나가려고 돌아선다)

가연 요즘은 정말 많이 오네요.

재혁 뭐가요?

가연	팬레터요. 전에는 나 혼자였는데.
재혁	지금도 그 녀석에겐 가연 씨밖에 없어요.
가연	그럴까요.

소진은 로비로 나와 엽서를 펴 본다. 그 자리에 주저앉는다.

소진	(읽는다) 'S에게. 상관있습니다. J. H.'

그녀는 왈칵 터지려는 눈물을 참는다. 주변을 둘러본 뒤 엽서를 감춘다. 다시 상자를 들고 엘리베이터로 사라진다.

재혁	팬은 팬일 뿐이잖아요.
가연	(억지로 웃는다) 알아요.

가연은 서랍을 열어본다. 서랍이 비었다.

가연	방금 나간 직원, 어떤 사람이에요?
재혁	정현이 팬이요.
가연	어떻게 알아요?
재혁	보면 알죠. 가연 씨도 그랬잖아요.
가연	(비교당한 사실에 기분이 상한다) 나요? 뭐가요?
재혁	가연 씨가 보낸 게 정현이가 처음 받은 팬레터였어요. 어찌나 자랑이 늘어지던지.

가연   그랬어요?

재혁   (웃는다) 주소는 어떻게 알았어요? 사무실도 없이 달랑 둘이 뛸 때였는데.

가연   그런 거야 뭐….

재혁   뒷조사했죠? (웃는다) 글씨가 참 예뻤어요.

가연   (예민하게) 봤어요?

재혁   보여줬어요.

소진이 엘리베이터에서 나온다. 벤치에 앉아 편지를 쓰기 시작한다.

재혁   (시를 외운다) 기적의 순간을 기억합니다….

가연   아… 그거.

재혁   찰나의 환영처럼, 그대 내 앞에 나타난 순간을.

가연   재혁 씨, 민망하게….

소진이 중얼거리면서 편지를 쓴다. 조명이 바뀐다. 편지나 시를 읽을 때 인물들은 완전히 다른 세계에 있는 것처럼 보인다.

소진   아무리 애써 보아도 삶이란 건 너무 비싸서 저 같이 가난한 사람은 도저히 가질 수가 없었어요. 그래서 그냥 조용히 사라지고 싶었습니다.

재혁   외딴 곳, 내 갇힌 어둠 속에서, 하루하루가 조용히 다리를 끌며 지나갔습니다.

소진 그때 목소리를 들었습니다.

재혁 그대가 나타나고, 영혼이 잠에서 깨어납니다. 찰나의 환영처럼, 순결한 미의 화신처럼 그대가.

소진 아무 의미 없던 것들이 갑자기 눈을 뜨고 일어나 말하고, 웃고, 떠들고, 걸어 다니는 것을 봅니다. 이제야 처음으로 살아보는 것 같다면 이상하게 들릴까요?

재혁 심장이 환희로 뛰놀고 다시금 살아 돌아옵니다. 신성과 영감이, 생명과 눈물과 사랑이.

소진 그대 같은 사람, 정말 있었어요… 난생 처음, 살아도 된다는 허락을 받은 기분입니다.

소진은 편지를 접어 봉투에 넣고 나간다. 조명이 현실로 돌아온다.

가연 푸시킨이었어요.

재혁 직접 쓴 줄 알았는데요.

가연 (웃는다) 그럴 리가요. 딱 정현 씨 처음 봤을 때 심정이라서 적어 보낸 거예요. 사람 마음이란 게 다 비슷하다 싶어서 김이 새긴 했지만.

재혁 푸시킨이라니, 나도 김새네.

가연 그걸 어떻게 다 외웠어요?

재혁 잊을 수가 있어야죠. 그때 편지지, 필체, 우표, 봉한 스티커까지 생각나는걸요.

가연   어머나.

재혁   실은 내가 답장하라고 권했어요.

가연   왜 그랬어요?

재혁   그걸 바란 거 아니었습니까?

가연   ….

재혁   답장 처음 받았을 때 생각나요?

가연   그럼요. (웃는다) 글씨가 너무 곱상해서 여자인 줄 알았거든요.

재혁   다시 해볼 생각 없어요? 처음으로 돌아간다 치고.

가연   뭘요?

재혁   팬레터요.

가연   (씁쓸하게 웃는다) 이제 와서 무슨.

재혁   두 사람, 무슨 일 있어요?

가연   아뇨. 그 사람이야 항상 잘하죠. 흠잡을 데가 없어요.

재혁   하지만 가연 씬-

가연   (가로막으며) 나처럼 시집 잘 간 여자가 어디 있어요? 소문 같은 것도 상관없어요. 그 사람하곤 상관없는 일이예요. 그런 소문이 났다는 것만으로도 벌써 화났을 거예요.

재혁   그 성격에 그렇죠.

가연   그 사람은 아무 잘못 없어요. 다른 사람은 몰라도 내가 알아요. 그런 건 성격에 안 맞아. 그리고 공연에 앨범 작업에… 그 사람 일이 원래 그런 거잖아요. 처음부터 모르고 만난 것도 아니고. 그런 거 아는데… 다 아는데….

재혁의 손이 가연의 어깨에 가 닿으려다 멈춘다.

가연 뭐가 잘못됐는지 모르겠어요. 정말… 솔직히요… 차라리 뭔가 잘못해줬으면 좋겠어요. 확실한 거, 변명의 여지가 없는 걸로. 빼도 박도 못하게 잡아다 놓고 막 소리 지르고 따지고 싶은데 그 사람은 잘못하는 게 없어요. 진짜 그냥 괜씸해요. 용서가 안 돼요. (눈물이 쏟아지려는 것을 억지로 참는다) 내가 왜 이러지… 내가 먼저 좋아한 게 잘못이었나 봐요. 정현 씨는 자기를 좋아하는 사람을 좋아하잖아요. 그 사람 좋아하는 사람이 어디 한둘인가요? 나도 그냥 그렇게 받아준 거겠죠? 마음 약하고 거절을 못해서?

재혁 후회합니까?

가연 모르겠어요.

재혁 지금 바라는 게 뭐예요?

가연 (그를 쳐다본다) 뭘요?

재혁 가연 씨가 지금 바라는 거.

가연 생각해 본 적 없어요.

재혁은 미소를 짓고 가연의 속눈썹에 맺힌 눈물을 손끝으로 닦아낸다.

재혁 생각해 봐요.

긴 사이. 문 뒤에서 음악 소리가 들린다. 재혁은 문 쪽을 돌아본다.

가연   (그를 쳐다보지 않고) 나만 매달리는 게 싫어요.

재혁   (음악에 귀를 기울이며) 그런 거라면….

한 발의 총 소리. 급박한 음악. 박수와 환호성.

재혁   (시계를 보며 일어난다) 자살했나보네.

가연   네?

재혁   돈 조반니요. 공연 끝났어요. 정현이 보러 가요.

가연   (주저한다) 아, 그게….

무전기의 소음. 무전기를 통해 들려오는 주변의 소리가 소란스럽다.

무전기   (소진) 대표님! 남정현 씨 쓰러졌어요.

재혁   뭐?

무전기   끝나고 무대 뒤에서요. 지금 크루들이 차로 옮기고 있어요. 의식은 있는데 안 좋아요.

재혁   먼저 출발해요. 뒤따라 갈 테니까. 이놈의 자식, 내 이럴 줄 알았다. (무전기에 대고) 소진 씨, 병원 어디? 소진 씨? 벌써 나갔나보네.

가연   혹시 나 때문에….

재혁	무슨 소리에요? 잠깐 있어요. 여기 상황만 체크하고 같이 가요. (전화를 건다) 지금 어디로 가는 중이야? 그럼 누가 같이 갔어? 뭐? 알았어. 일단 배우들 진정시켜서 보내. 몸살이야. 그렇게 얘기하라고. 응.
가연	(일어난다) 갈래요.
재혁	지금 운전하면 안 돼요.
가연	혹시 잘못되는 건….
재혁	그냥 과로예요. (휴대폰에서 전화번호를 찾으며 내뱉듯이) 극장에 이런 사고는 항상 있어요. 예술의 전당에 불난 거 못 봤어요?
가연	(하얗게 질려 벌벌 떤다) 어떡해….
재혁	(다시 전화를 건다) 지금 어디야. 알았어. 바로 갈게.
가연	그 사람 얼굴 어떻게 봐요.
재혁	갑시다.
가연	(폭발하듯이) 다른 여자 있는 거 같아요.
재혁	예?
가연	지금 그 생각밖에 안 나요. 정현 씨 다른 여자 있어요.
재혁	(단호하게) 아닙니다. 왜 그렇게 생각해요.
가연	나 미쳤나 봐요. 아니, 정말 나쁜 년이에요.
재혁	자, 쓸데없는 생각 말고.

재혁은 부축하듯이 가연의 팔을 잡는다. 가연은 재혁에게 매달린다. 조명이 꺼진다.

3장

소진이 분장실로 들어와 서랍에서 은회색 봉투를 꺼낸다. 재혁이 엘리베이터에서 내린다. 우편물을 훑어보는 중이다. 와인색 봉투를 열자 사진이 한 장 나온다. 사진을 보고 당황한다. 사진과 봉투를 이리저리 뒤집어 본다. 전화를 건다.

재혁 팀장님? 지하 주차장은 조용합니까? 스토커요? (사진을 내려다본다) 글쎄요… 좀 이따 사무실에서 얘기하죠.

그는 담배를 꺼내 문다. 불을 붙이려다 그만두고 만지작거린다. 조명이 바뀐다.

소진 (읽는다) "많이 놀랐죠. 이제 괜찮아요. 솔직히 링거 한 병으로 끝나고 보니 민망하네요. 이게 말로만 듣던 링거 투혼인가 봐요." (자신으로 돌아와서 다정하게) 다시는 그러지 말아요. (다시 읽는다) "무대 위는 참 이상해요. 조명은 뜨겁고 공기는 모자라는데 숨이 넘어갈 듯 넘어갈 듯하면서도 넘어가지는 않거든요. 열에 들떠 헛것이 보여도 음정 하나 흐트러지지 않는 게 참 이상했어요." 정말 그래요. 존경스러워. "이게 광대 근성인가 봅니다. 하지만… 실은 무대 공포증이 있어요." 거짓말. 그걸 믿으라고?

재혁은 손에 담배를 든 채 편지 내용을 이어받아 말한다. 소진은 그를 의식하지 못하고 편지를 읽는 데 빠져 있다. 재혁의 어조가 평소와 달리 절박하다.

재혁　정말입니다. 무대에 서면 온몸에 땀이 흐르고 손발이 차가워져요. 조명에 눈이 부셔서 아무 것도 보이지 않아요. 관객들이 듣고 있다는 걸 믿고 절벽에서 뛰어내리는 기분으로 하는 겁니다. 하지만 객석마저 텅 빈 것처럼 느껴질 때면 정말 절벽에서 발을 헛디딘 것 같아요. (사이) 그래도 해야 돼요. 그렇게 사라져버리는 것이 허전해서 견딜 수가 없어요. 아무리 사소한 흔적이라도 붙잡고 싶어집니다. 모든 것이 혼자만의 환상이 아니었다는 증거로. (사이) 흔적을 하나 마련했는데 이렇게 드려도 좋을지 모르겠습니다.

소진은 편지를 옆에 놓고 봉투 안에서 작은 상자를 꺼낸다. 상자 안에는 진주귀고리가 들어있다. 소진은 귀고리를 들어 불빛에 반짝이도록 비쳐본다. 거울을 보고 귀고리를 귀에 대 본다. 재혁은 안주머니에서 연두색 봉투를 꺼낸다. 안에 든 편지를 꺼내는데 쪽지가 떨어진다. 그는 그것을 주워 옆에 놓고 편지를 먼저 편다. 소리 없이 읽는다.

소진　… 감히 믿을 수 없이 행복하지만 또 참을 수 없이 불안합니다. 사랑이 너무 쉽다는 사실이 두렵습니다. 그대를 사랑하는 일은 쉬워요. 너무 쉬워서 한없이 빠져들어 갑니다.

재혁 나도 그래. 참 이상하지.

소진 저는 의심이 많고 까다로운 사람입니다. 그런데 그대는 달라요. 보면 볼수록 아무 것도 생각나지 않아요. 이런 건 사랑이 아닌지도 모르죠. 하지만 또, 사랑이 아니라면 뭘까요.

재혁 글쎄…

소진 그대를 알고서 절망에서 빠져 나왔습니다. 편지를 주고받으며 그대에게 힘이 되어 줄 수 있어 고마웠습니다. 그리고 이젠… 제가 무엇을 바라는지 생각하기도 두렵습니다. 이렇게 말하면 화를 내실까요….

재혁 (미소를 짓는다) 아니.

그는 담배를 넣고 편지를 챙기다가 쪽지를 본다.

재혁 (읽는다) '삶은 비싸고 저는 가난합니다. 그러니 누구의 책임도 아니며 저의 허물 역시 아닙니다.' 뭐지?

엘리베이터가 열리고 가연이 수수한 복장으로 3단 찬합을 들고 나타난다. 통화 중이다.

가연　저녁은?… 팬들이 그런 것도 챙겨 줘? 응, 잘됐네. (손에 든 찬합을 본다) 나? 집에 있지. 오늘은 들어올 거야? 그래, 들어와. 공연 잘해.

재혁　유서 같은데… (가연이 온 것을 알고 쪽지를 감춘다) 왔어요?

가연　정현 씨한텐 나 왔다고 하지 말아요. 신경 쓰니까.

재혁　끝나고 같이 들어갈 겁니까?

가연　봐서요. 그거 뭐예요?

재혁　(편지를 집어넣으며) 연애편지요.

가연　(의외라는 듯) 재혁 씨한테요?

재혁　뭐, 그런 셈이죠. (화제를 돌린다) 그건 뭐예요?

가연　도시락이요. 정현 씨는 저녁 먹었다네요.

재혁　나는 아직.

가연　(곱게 눈을 흘긴다) 어머.

재혁　(냉큼 찬합을 받아든다) 이건 내 건가요.

가연　(웃는다) 맘대로 해요.

재혁　(찬합에 무엇이 들었는지 가늠해보며) 수정이 만났다면서요.

가연　네.

재혁　뭐래요?

가연　자기는 재혁 씨 좋아한다던데요.

재혁　그거 좋은데요. 수정이 이쁘잖아.

가연　(어이가 없어 웃는다) 좋아요?

재혁　과분하죠. 띠 동갑인데. (웃는다)

가연　그럼 대체 몇 살이야. 어려서 좋겠네.

재혁	가연 씨만 못해요.
가연	(짐짓 못 들은 척하고) 오늘 사인회 한다면서요?
재혁	네.
가연	늦게 끝날까요?
재혁	왜요?
가연	너무 길어지면 정현 씨가 피곤하잖아요.
재혁	괜찮아요. 본인이 좋아하니까. 오늘은 공연 봐요. 안 보면 내가 서운해요.
가연	재혁 씨가요?
재혁	그럼요, 내 작품인데.
가연	그럼, 그럴까요.
재혁	그래요. (무전기에 대고) 소진 씨, 어디 있어요?
소진	분장실이요.
재혁	초대권 한 장 가지고 로비로 와 줘요.
소진	네.

소진은 초대권을 찾아들고 로비로 나온다. 재혁은 소진의 귀고리를 본 순간 자리에서 일어난다.

재혁	역시….
가연	뭐가요? (재혁의 표정을 본다)
재혁	그 귀고리….
소진	오늘 귀 뚫었거든요.

가연	귀고리 예쁘네요.
소진	선물 받았어요.
가연	남자친구?
소진	(웃는다) 그런 것 같아요.

재혁은 초조하게 손에 쥔 쪽지를 만지작거린다. 가연은 대강 눈치를 챈다.

가연	(의미심장하게) 정말 좋겠네요.
소진	대표님, 여기. (초대권을 내민다)
재혁	아, 그렇지.

재혁은 초대권 뒤에 몇 글자 메모해서 가연에게 준다. 아물지 않은 오른손이 아프다.

재혁	매표소에 보여 주세요. 귀빈석이에요.
가연	(초대권을 받는다. 소진에게) 남자친구가 눈이 높네요.
소진	(우월감에 차서) 섬세한 사람이라서요.
가연	그런 것 같네요. (재혁에게) 공연 잘 볼게요. 끝나고 봐요.

가연은 공연장으로 들어간다. 소진은 만족스럽게 귀고리를 만져 본다. 갓 뚫은 자리가 아직 아프지만 흐뭇하다.

재혁 잘 어울려요.

소진 (수줍어하며) 나가 볼게요.

재혁 무전기 꼭 켜 놔요.

소진 네.

소진은 로비를 정리한다. 재혁은 벤치에 가 앉는다. 임의의 남성 관객을 경호 팀장으로 가정하고 말한다.

재혁 (악수를 청한다) 팀장님, 일찍 오셨네요. 정현이 팬들은 그래도 점잖은 편이지요? 경호라고 해도 별 일 없을 겁니다. 스토커요? 글쎄요… 팀장님 보시기엔 이게 뭐 같습니까?

재혁은 와인색 봉투의 사진을 보여준다. 늘씬한 여인의 뒷모습 누드.

재혁 그만 보세요, 그만. (웃는다) 이 정도는 양반입니다. 면도칼이 올 때도 있거든요. (사진을 뒤집어 메모를 읽는다) "저를 알아보시겠어요? 내일 사인회 후에 분장실 앞에서 기다릴게요." 개인적인 관계를 원하는 극성팬… 이라기보다는 자기란 사람이 있다는 걸 알아주길 바라는 거죠. 그렇다고 자존심 상하긴 싫고… 들이대고는 싶으나 또 들이대기 싫다. 이런 식이죠. 뭐, 그렇더라고요. 남녀라는 게. (일어난다) 오늘 사인회 통제 잘 부탁합니다. 팀장님만 믿어요.

총 소리. 박수와 환호성. 관객들이 로비로 쏟아져 나와 웅성거리는 소리. 가연이 객석에서 나온다. 재혁은 가연을 지나쳐서 소진에게 간다.

재혁 소진 씨, 혹시 오늘 약속 있어요?

소진 왜요?

재혁 물어볼 게 좀 있어서. 잠깐이면 돼요.

재혁은 소진과 분장실로 들어간다. 가연이 따라 들어긴다.

가연 데이트하시게요?

소진 (냉담하게) 아닌데요.

가연 혹시 재혁 씨 여자 친구가 이 분?

소진 남자 친구, 유부남이에요.

가연 아닌 것 같은데.

소진 죄송하지만 맞아요.

가연 (초대권을 꺼낸다) 이거, 재혁 씨 글씨 맞죠? (소진에게) 어디서 많이 본 글씨 아닌가?

소진은 아까 읽던 편지를 꺼내서 비교해본다.

소진 (재혁에게) 처음부터?

재혁은 말없이 긍정한다. 긴 침묵.

소진 (천천히) 변명 같지만, 사실은 이런 걸지도 모른다고 생각했어요. 저 같은 게 그 사람한테 답장을 받고 이런저런 얘기를 하는 사이가 되다니, 말이 안 되잖아요. 하지만 저도 알려고 하지 않았어요. (가연에게) 알려주시지 않는 편이 나았을 텐데요. 알 필요도 없는 일이었으니까요. 그조차 폐가 되었다면 죄송합니다. 그래도 며칠 안 되는 시간이나마 사는 것 같이 살아서 다행이라고 생각해요. (나가려 한다)

재혁 전부 다 진심이었어요.

소진은 무시하고 나가려 한다. 재혁은 그녀의 팔을 잡는다.

재혁 아직 근무 안 끝났어요. 우리 계약은 두 달….

소진은 돌아서서 재혁의 따귀를 후려친다.

재혁 (계속한다) 두 달이니까, 그 전까지는 관둘 수 없어요.

소진은 대답하지 않는다. 가연이 무언가 말을 하려 하지만 소진의 침묵이 너무 무겁다. 소진은 재혁에게 편지를 돌려준다.

재혁 (쪽지를 꺼내 보인다) 이거 뭡니까? 유서죠?

소진	실수였어요. 돌려주세요.
재혁	지나간 일이죠?
소진	(사이) 네.
재혁	그럼 잊어버려요.

소진은 분장실을 나가서 엘리베이터를 탄다. 숫자가 올라가기 시작한다.

가연	무슨 말이에요?

재혁은 유서 쪽지를 꺼내 가연에게 건네준다.

재혁	뛰어내리려고 했어요.
가연	네?
재혁	이 건물 옥상에서요.
가연	그럼 잡아야죠! (엘리베이터의 숫자를 본다. 계속 올라가는 중이다.)
재혁	안 죽어요.
가연	어떻게 알아요?
재혁	내일 정시에 출근할 겁니다.
가연	뭐가 그렇게 자신 있어요?
재혁	주고받은 삶이 있으니까요. (안주머니에서 편지 뭉치를 꺼내 소진이 돌려준 편지 위에 겹쳐놓는다)
가연	말도 안 돼.

재혁　정현이에게 반하지 않았다면 자살했을 겁니다. 답장이 없어도 마찬가지였을 거고. 이건 살기 위해 쓴 거였어요.

가연　답장이 가짜라는 걸 알면 어쩌려고 그랬어요?

재혁　이름은 가짜지만 내용은 진짜였으니까요. 여자는 속일 수 없어요. 가짜였다면 소진 씨가 먼저 알았을 겁니다.

가연　(소진에게 질투가 난다) 그냥 내버려 둬야 했어요.

재혁　한 번 죽었다 살아난 사람은 달라요. 이미 살아 버렸으니까. 절대 그 이전으로 돌아갈 수 없어요. 봐요.

소진이 돌려준 편지를 꺼내 준다. 가연은 편지를 보고 표정이 바뀐다. 최상층에 멈췄던 엘리베이터가 다음 대사를 하는 동안 다시 내려오기 시작한다.

재혁　비슷하죠? 가연 씨랑.

가연　(기가 막힌다) 난…

재혁　(담담하게) 내 취향이 이래요.

가연　(자존심이 상해서) 나도 따귀 한 대 칠까요?

재혁　그걸로 용서해줄 거라면. (가연이 노려본다) 이쪽은 말고요. 소진 씨 손 맵더라.

가연　나한테도 대신 답장을 해주지 그랬어요.

재혁　그럴 순 없었죠. 가연 씨가 원하는 게 정현이었으니까.

가연　저 아가씨도 정현 씨를 원했잖아요.

재혁　그럼 그 편지, 정현이한테 보여줘도 됩니까? (침묵) 그럼 가

연 씨가 화날 거 아니야. (웃는다)

가연   웃기지 말아요. 이런 어린애 장난에.

재혁   처음엔 가연 씨도 그랬어요. (침묵) 어린애처럼 부딪혀 왔잖아요.

가연   난….

재혁   사랑이라면 그게 맞죠. 그 녀석도 그걸 사랑한 거 아니었습니까?

가연   정현 씨가 나 사랑해요?

재혁   그걸 왜 나한테 묻습니까?

가연   재혁 씨 나 좋아해요? (침묵) 이건 재혁 씨가 대답할 수 있잖아.

재혁   그냥… 원하는 대로 해주고 싶어요.

가연   웃기지 말아요. 엎드려 절 받기 말고, 내가 들이대서 그러는 거 말고… 정말 나 생각한 적 있어요?

재혁   네.

가연   처음부터?

재혁   네.

가연   지금은? (침묵) 지금은… 필요 없어요?

재혁   혹시 오늘 약속 있었어요?

가연   네?

재혁   누굴 만나기로 한 겁니까?

가연   (망설인다) … 남편이요.

재혁   (화장대 서랍을 가리킨다) 이 서랍, 내가 쓰는 거 알고 있었죠?

가연	뭐라고요?
재혁	남편에게 보낸 거 맞나요?

무전기의 소음.

무전기	(소진) 대표님, 사인회 시작되었습니다.
재혁	(무전기에 대고) 예정대로 진행하세요. 30분 후에 장내 정리 하겠습니다.

무전기 소음. '30분입니다. 30분 후에 정리하겠습니다'라고 전달하는 소리가 들린다.

재혁	30분만 내 줘요.
가연	(날카롭게) 뭐하려요?

재혁은 휴대폰을 꺼내 전원을 끈다.

재혁	부탁이에요.

재혁은 엘리베이터로 간다. 가연은 망설이며 뒤따른다. 재혁이 열쇠를 꺼내 어딘가에 꽂자 '탁' 소리와 함께 조명이 꺼진다.

가연	뭐하는 거예요?

엘리베이터 안에 조명이 떨어진다. 두 사람은 엘리베이터에 갇힌 것처럼 보인다.

재혁 (차분하게) 비상정지. (시계를 본다) 꼭 필요한 시간이니까요. 그리고 지금 우린 약속대로 만나는 거고.

재혁이 와인색 봉투에서 누드 사진을 꺼내 보여준다. 하얗게 질린 가연이 재혁의 따귀를 친다.

재혁 (여전히 차분하게) 그쪽은 아프다니까.
가연 이걸 왜 재혁 씨가….
재혁 이거 누구한테 보낸 겁니까?
가연 그거야 당연히-
재혁 바라는 게 뭐예요?
가연 난-
재혁 생각해 보기로 했잖아요. (침묵) 정현이 사랑합니까?
가연 모르겠어요.
재혁 이건 왜 보냈어요?
가연 보내보라면서요. 팬레터! 처음처럼.
재혁 아내가 아니라 당신이란 여자를 알아봐주길 바란 거죠? (대답이 없다) 그게 정현이가 아니어도 상관없었던 거죠?
가연 (냉소적으로) 어차피 재혁 씨가 편지도 대신 써주잖아요?
재혁 팬레터는 다 내가 먼저 봅니다. 시간문제도 있고, 협박장이나 스토커도 있으니까요. 다들 그렇게 해요. 물론 첫 번째 팬레터도 내가 먼저 봤습니다.

가연 그럼 처음부터 재혁 씨가…

재혁 지금 원하는 걸 말해요. 정현인가요?

가연 사랑했어요.

재혁 그래서요?

가연 (사이) 모르겠어요. 사랑했는데… 확실히 그랬어요.

재혁 나는 좋아해요?

가연 파렴치하네요.

재혁 그것보단 더 나빠요.

가연 간절히 원하는 것을 가져도 소용없는 건가요?

재혁 아마도.

가연 많이 사랑하는 사람과 결혼해도?

재혁 그럴지도 몰라요.

가연 (그에게 기댄다) 정말 더 나쁘네요.

재혁 (여자의 어깨를 감싼다) 미안해요. 처음 편지, 사실은 정현이 보여주고 싶지 않았습니다.

가연 미안해서 훔치지 못한 건가요? 첫 번째 팬레터라서?

재혁 아니, 당신이 바라는 게 정현이었으니까. 난 항상 상대방이 원하는 대로 합니다. 다른 방법은 몰라요.

가연 (갑자기 뭔가 생각난 듯 떨어진다) 재혁 씨는 날 사랑한 게 아니에요.

재혁 왜죠?

가연	예고 성악과. 재혁 씨가 선배잖아요. 목을 다쳐서 그만 뒀고.
재혁	변성기엔 그럴 수 있어요.
가연	남편이 진짜 천재는 당신이라고 했어요.
재혁	그렇진 않아요.
가연	그래서 미워한 거죠?
재혁	아뇨.
가연	날 이용한 거죠? 정현 씨도 지금 힘들어요. 나 때문에, 내가 괴롭히니까! 이제 놔 줘요. 우리 둘 다.
재혁	네, 그러죠. 가연 씨가 바란다면 두 사람 다. 하지만 알아 두세요. 난 정현일 질투한 적이 없어요. 남정현의 첫 번째 팬은 가연 씨가 아니라 나예요. (다친 손을 움켜쥔다. 아픔을 억누른다) 정현이 목소리는 뭐랄까… 이상적이잖아요. 비현실적이라고요. 그게 아니라면 매니저 노릇할 일도 없었겠죠. 가질 수는 없어도 뭔가 만들어 낼 순 있었으니까. (다시 웃는다) 그래도 결과가 제법 괜찮지 않나요?
가연	무슨 소린지 모르겠어요.
재혁	날 믿을 수 없는 거겠죠. (시계를 본다) 아직은 괜찮겠군.
가연	뭐가 더 있어요?
재혁	스캔들은 내가 언론에 흘린 겁니다. 수정이가 원한 일이 었어요. 뜨고 싶어 했으니까요.
가연	아무리 그래도….
재혁	그리고 당신이 불행하다는 걸 스스로 인정하지 않아서 그

랬어요. 봐요, 수정이 문제가 생기니까 여길 찾아왔잖아요. 어느 쪽으로든 결론을 내려야 했어요. 그대로 뒀다간 걷잡을 수 없었을 거예요.

가연은 넋이 나가서 벽에 기댄다.

가연   그래서, 결론이 뭔가요?
재혁   사랑하지 않아요.
가연   내가?
재혁   네.
가연   정현 씨를?
재혁   네.
가연   사랑했어요.
재혁   가지고 싶었던 거죠.
가연   재혁 씨도 날 사랑한 게 아니죠? 내가 아니라 사랑한다는 것 자체를 사랑하는 거죠. 상대방이 아니라 그 사람에 대한 '나의 감정'을 즐긴다는 거. 인정하죠?
재혁   그거라면 우린 비겼어요. 열렬한 자기 사랑.
가연   그래요, 이제 정말 다 된 건가요?
재혁   다 됐습니다. (시계를 본다) 이제부터 20분은 같이 있어도 되겠군요. (가연에게 손을 내민다)
가연   (한숨) 재수 없어.

두 사람은 손을 잡고 엘리베이터 벽에 나란히 기댄다. 엘리베이터의 조명이 점점 어두워진다. 가연이 재혁의 목을 끌어안는다. 재혁은 등을 벽에 기대고 넥타이를 느슨하게 푼다. 허리에 차고 있던 무전기가 벽에 부딪힌다. 무전기 소음. 화장대 전등이 켜진다. 소진이 무전기의 리시버를 귀에서 뺀다. 무전기 소음이 커진다. 거울을 보고 천천히 귀고리를 풀어낸다. 아프다.

2막

1장

어둠 속에서 한 남자가 돈 조반니의 의상을 입는다. 오페라 〈돈 조반니〉 중에서 '함께 손을 잡고 La ci darem la mano'가 들린다.

노래 '그 손을 내게 주오, 아름다운 이여. 내 집은 멀지 않아, 여길 떠나 같이 가줘요.'

무대 전체가 밝아진다. 노래하던 남자는 재혁이다. 오른손의 붕대에 눈에 띄게 피가 배어 있다. 소진이 불쑥 들어온다. 유니폼이 바뀌어 있다. 재혁은 당황한다.

재혁 아직 있었어?

소진은 체를리나의 베일을 쓰고 앞의 노래를 이어 받는다. 두 사람은 뮤지컬의 장면을 흉내 낸다.

소진 (노래) '그러고 싶긴 해도 감히 바랄 수 없어. 행복에 가슴 뛰네. 아니 거짓말이 분명할 거야.'
재혁 '자 이리와요. 내 귀여운 사람.'

소진   '그이에게 너무 미안하네.'

재혁   '내 그대 운명 바꿔주리.'

소진   '더 이상 버틸 힘 내겐 없어라.'

재혁   (손을 내민다) '갑시다.'

소진   (손을 받는다) '가요.'

두 사람은 더 이상 참지 못하고 깔깔대며 웃는다.

재혁   잘하네.

소진   수십 번 봤잖아요.

재혁   난 수천 번… 지겹다 지겨워.

소진   어떻게 지나갔는지도 모르겠네.

재혁   나도.

소진   다음 주면 끝나는데 뭐.

재혁   (의상을 벗으며) 벌써 그렇게 됐나.

소진   그러네.

재혁   그럼….

소진   (베일을 벗으며) 두 달이에요.

두 사람은 서로 쳐다본다. 소진은 예의 귀고리를 다시 달고 있다.

재혁   (귀고리를 만져 본다) 연장 공연해야지.

소진   (그의 손을 밀어낸다) 아파요.

재혁	아직도?
소진	곪았어요.
재혁	가짜라서 그런가?
소진	이거 진짜에요.
재혁	그래?
소진	그렇게 생각하기로 했어요.
재혁	그게 백금이긴 해.

재혁은 자기 상의를 걸친다. 1막과 달리 차림새가 좀 흐트러져 있고 넥타이도 없다.

소진	(팬레터 상자를 뒤진다) 저, 그분 오늘도 왔던데요.
재혁	또?
소진	하루도 안 빠진 것 같아요.
재혁	정현이 나오는 날만?
소진	네. 좀 무섭지 않아요? 스토커인가 봐.
재혁	표 사서 보는 손님을 누가 막냐. 경호팀에 말은 해 놨어.
소진	이것도 그분이 보내는 거 아닐까요? (편지를 하나 건네준다)
재혁	너지?
소진	그거보단 잘 쓰거든요?

재혁이 편지를 읽는다. 소진은 내용에 맞춰 과장된 동작을 해 보인다.

재혁	"그대와 제가 만난다면 오늘 오전부터 줄곧 생각해 보았는데 아마도 인연이고 운명인 것 같아요. 그런데 어쩌나, 저를 보면 실망하시지 않을까 싶기도 하구요. 너무 제 모습에 지나친 환상이나 기대는 하지 마셔요."
소진	자기 혼자 만나기로 약속했나봐. 스스로 망상인 걸 알아도 포기 못하겠죠. 자기한텐 생사가 걸린 문제니까.
재혁	망상이라면 나도 마찬가진걸. (돈 조반니의 의상을 어루만진다.)
소진	하지만 망상이 정말 이루어진다고 해도 소용없을 텐데요. 더 많은 걸 바라게 될 기예요.
재혁	그렇겠지.
소진	공연 끝나면 이 사람 어떻게 될까요?
재혁	글쎄… 다른 대상을 찾지 않을까.
소진	그런 대상이 또 있을까요?
재혁	(쓴웃음) 만들면 있겠지.
소진	(스마트폰을 들여다본다) 공식 톡방에 이런 것도 올라왔어요. "여기서 나가려 합니다. 남정현을 더 이상 못 보겠습니다. 그가 남자로 보입니다. 그리고 그 남자를 사랑하게 됐습니다. 이뤄질 수 없다는 걸 알기에 그를 사랑하는 심장을 찢어내려 합니다."
재혁	웃지 마.
소진	노력하고 있잖아요.

재혁은 상자에서 편지 몇 개를 꺼내보고 분류한다. 소진은 그가

건네주는 편지들을 정리한다. 그는 인쇄된 A4 용지를 한 장 펼친다.

재혁　이분은 또 누구실까….

소진　왜요?

재혁은 편지를 건네주고 담뱃갑을 꺼낸다. 소신은 급하게 읽어보고 놀란다.

소진　대마초? 이거 진짜예요?

재혁　어떨 거 같아?

소진　말하지 마요. 모르는 게 나을 거야.

재혁　그렇지?

소진　(변명하듯이) 대마초는 한약이라면서요.

재혁　(웃음을 터뜨린) 누가 그래?

소진　무슨 가수가 그랬는데.

재혁　그 사람은 달여 먹나보지.

소진　어떻게 하는 건데요?

재혁　피우는 거야. 이렇게. (담뱃갑에서 한 개비를 꺼내 보인다)

소진　(농담조로) 아, 그게 대마초구나.

재혁　(아무렇지 않게) 대마는 아니고, 진통제 같은 거야. (담배를 다시 넣으며 협박장을 본다) 근데 이건 좀 곤란하네. 음원작업 끝나가. 계약도 들어갔고.

소진	음반은 왜 내지 말래.
재혁	그냥 시비 아닐까. 문제될 게 없거든.
소진	마약이랑 OST랑 무슨 상관이래.
재혁	터지면 수습 못 해. 사실이든 아니든.
소진	진짜 미워하나봐.
재혁	안티 은근히 많아.
소진	이런 거 현군도 알아요?
재혁	누구?
소진	(쑥스러워하며) 팬클럽에서 그렇게 부르잖아요. 현군이라고.
재혁	내 참… 너까지.
소진	왜요, 나도 팬인데.
재혁	알아, 알아.
소진	그 사람 미워할 구석이 어디 있다고.
재혁	그러게 말이야. 부처님 가운데 토막을. (시계를 보고 일어난다) 작업실 간다. 태워다 줄까?
소진	저… 작업실까지만.
재혁	그쪽 아니잖아?
소진	(고개를 젓는다)
재혁	작업실 가보고 싶어?
소진	그럼 주소만….
재혁	편지를 또 쓰냐?
소진	처음부터 다시 시작하려고요. 현군은 아직 제가 누군지도 모르잖아요? (빨간 핸드백에서 편지를 꺼낸다) 직접 전해줄래

요? 열어봐도 상관없어요. 중간에 가로채지만 않으면.

재혁 (마음 상한 내색을 하지 않으려 애쓴다) 필요하면 가르쳐 줄게. 논현로….

소진 (스토커의 편지를 툭 친다) 이 스토커, 나일지도 몰라요.

재혁 아닌 거 알아.

소진 아는구나.

재혁 미안해. (소진이 흘겨본다) 아직도 미안해. 정말이야.

소진 (팬레터를 정리하며) 나도 다를 거 없었는데, 뭐.

재혁 이젠 아니잖아.

소진 순수한 팬이 되기로 했어요.

재혁 순수한 팬도 있나?

소진 지금쯤 질릴 줄 알았는데 하나도 안 그래. 왜 그럴까. (핸드백을 든다) 가요.

재혁 그래. (일어나며 휴대폰을 꺼내 본다)

소진 아직 연락 없어요?

재혁 바쁜가 보지.

소진 기다리지 말아요.

재혁 나도 안 그러고 싶은데.

소진 매달릴수록 멀어지는 거 알잖아. 왜 그래.

재혁 아마추어같이.

소진 솔직히 기분 나빠요. 그 언니는 그러면 안 되는 거 아닌가요?

재혁 마음 가는대로 하는 거지.

소진	그럼 이쪽 마음은?
재혁	나야 뭐.
소진	얼마나 대단한 여자길래 저런 남편 두고 한눈을 팔아요? 그것도 모자라서….
재혁	한다고 하는데 웃는 얼굴을 보기가 힘들다.
소진	눈물겹다 진짜.
재혁	내가 뭘 어떻게 해야 하는 건지.
소진	문제는 이쪽이 아니라 저쪽이야. 남정현에게 만족 못한 사람이 하재혁한테 만족할 수 있어요? (침묵, 실수를 깨닫는다) 어, 당연히 대표님이 키도 더 크고 능력 있고 목소리도….
재혁	그거 다 진심이지? (웃으며 손을 내민다. 예의 뮤지컬 장면처럼) 갑시다.
소진	(손을 잡는다) 가요.

재혁은 소진의 뺨을 가볍게 두드린다. 그의 휴대폰이 울린다. 전화를 받는 동안 소진은 정현에게 보내는 편지를 다시 꺼내어 읽어본다.

재혁	(통화) 마스터링 끝났어? 벌써? 어… 바로 찍어도 되지, 그런데 문제가 좀….
소진	(읽는다) "거리… 거리가 있어야 된다고 생각했어요. 아름다운 것을 바라볼 때는 항상 거리를 두어야 하죠. 하지만

놓칠 것 같은 불안감, 조금이라도 가까이 하려는 안타까움에 초조하네요. 그 아름다운 존재가 사람이면 어떻게 해야 되는 걸까요. 아름다운 사람과의 거리는 얼마나 두어야 할까요?"(어조를 바꾸어) "어제 공연을 보면서 생각했어요. 돈 조반니가 자살하는 건 그로선 정당한 선택이겠지요. 불가능한 열망에 지친 거라면, 저라면 쌓아올린 성벽에서 뛰어내릴 것 같아요…"

재혁은 통화를 끝내고 그녀를 쳐다보고 있다.

2장

엘리베이터가 1층에서 열리고 재혁이 경쾌하게 들어온다. 임의의 여성 관객에게 인사한다.

재혁 수정 씨가 먼저 왔네? 오래 기다렸어? 알아, 김 대표 만났어. 그래도 이렇게 직접 얘기해주니 고맙네. (사이) 연장공연은 서현 씨랑 하면 돼. 그동안 열심히 했잖아. 그런데 연습 중에라도 지방 투어에 며칠 내 주면 어때? 기다리는 사람 많은데. 김 대표는 괜찮다고 했어. (사이) 나한테 미안할 거야 없지. 처음 사인한 게 두 달이었으니까. 미스 사이공 아무나 하나. 이번엔 진짜로 무대에 헬기 뜬다니 타야지.

놓칠 수 없잖아? 언더면 어때. 트리플이나 마찬가진데. 축하해. 진심이야. (사이) 이건 개인적인 질문인데, 지금 행복해? (사이) 데뷔작으로 뜨고 싶다고 했잖아. 뜬 거 같아서 물어보는 거야. (사이. 웃는다) 하긴, 이제 시작이지. 꼭 톱이 될 거야. 바라는 대로.

재혁은 일어나서 상대방에게 악수를 청한다.

재혁　생각나면 놀러와. 부담 갖지 말고. 김 대표 주차장에서 기다릴 거야.

미소를 지어 보이고 분장실로 돌아간다. 담배를 꺼내 문다. 엘리베이터가 지하로 내려간다.

재혁　조수정도 가는구나… (맥없이 웃는다) 부디 흥해라.

전화를 건다. 상대방은 받지 않는다. 그는 라이터를 켜다가 그만둔다. 사이. 무전기를 켠다.

재혁　감독님, 무대감독님 오셨습니까?
무전기　네.
재혁　매트리스 들어왔습니까?
무전기　네, 지금 설치했어요.

재혁	안전 테스트 잘 해주세요.
무전기	알겠습니다.

소진이 우편물을 몇 개 가지고 들어온다.

소진	무대 뒷문 열렸던데. 뭐 들어와요?
재혁	매트리스. 무대 뒤로 뛰어내릴 거라서.
소진	진짜로?
재혁	아니면 그런걸 뭐 하러 사.
소진	그럼 투신자살?
재혁	왜, 뛰어내리니까 좋냐?
소진	그거… 안전한 거죠?
재혁	그럼, 〈토스카〉 수백 회 했어도 사고 났단 소린 못 들었어.
소진	(수줍게 웃는다) 다행이다.
재혁	투신이 훨씬 나은 것 같아.

소진은 웃음을 감추려고 우편물을 들춰본다. 편지 한 통을 따로
빼내고 나머지를 재혁에게 준다.

소진	음반사에서 팩스 왔어요. 이따 홈페이지도 확인하시구요. 예약주문 쫙 밀렸어요.
재혁	(서류를 훑어보며) 뭐, OST?
소진	네, 오늘 관객 분들도 많이 물어보셨는데, 아직 결정된 게

없다고만 했어요. 언제까지 이럴 순 없잖아요. 공지한 날짜는 지났는데.

재혁   사흘 가지고 진짜 난리네.

소진   기다리는 입장에선 그렇죠.

재혁   그냥 음반 내고 정현이 자식 구속시켜 버릴까?

소진   망하려면 무슨 짓을 못해.

재혁   바로 그거야. 확 망해버릴까?

소진   정면 돌파하는 게 어때요. 어차피 사실이 아니니까.

재혁   자신 있어?

소진   자신 없을 건 또 뭐야.

재혁   하여간 알아줘야 돼. (웃는다) 맞아. 마약 같은 거 안 해.

소진   그럼 뭐가 문젠데.

재혁   내가 문제지. (손에 든 담배를 들어 보인다)

소진   (웃는다) 뭐야.

재혁   이래봬도 전통의 쿠바산이다.

소진   담배나 줄여요. 요즘 많이 늘었어.

재혁   넌 잔소리 좀 줄여.

소진   하는 거 봐서. (자기 우편물을 열어 본다. 표정이 변한다.)

재혁   뭔데 그래?

소진   (건네주길 주저한다) 그게….

재혁   왜?

소진은 편지를 건네준다. 재혁은 소진보다 더 당황한다. 소진은 의혹의 눈초리로 그를 쳐다본다. 그는 편지를 돌려준다.

재혁　　　난 아니다.

소진　　　그럼 진짜?

재혁　　　(사이) 어째… 여자 글씨 같지 않아?

소진　　　혁군 글씨 곱상하다더니 정말이네.

재혁　　　좋아?

소진　　　사심은 없어요.

재혁　　　그냥, 좋으냐고.

소진　　　(수줍게 끄덕인다) 응.

재혁　　　(미소를 짓는다) 다행이네.

소진　　　뭐가요?

재혁　　　그렇게 웃는 거, 처음 봐.

소진　　　(웃으며 어깨를 으쓱한다)

재혁　　　답장엔 뭐라고 쓸 거야?

소진　　　비밀.

재혁　　　내 참. (웃는다) 사심 없다며.

소진　　　이렇게 좋을지 몰랐어요.

재혁　　　그런 것도 사랑이지. 일종의.

소진은 미소를 짓는다. 재혁은 수첩을 펴서 건네준다.

재혁　　　이건 어때, 그야말로 사심 없는 사랑 아냐?

소진	그러네. 이거 베껴도 돼요?
재혁	남의 글인데?
소진	마음은 내 맘이잖아.

소진은 연두색 편지지를 꺼내어 시를 베낀다. 재혁은 전화를 건다. 상대방은 받지 않는다.

소진	"나는 그대를 사랑했습니다. 사랑은 아직, 아마도 내 영혼 속에 다 스러진 것은 아니리다. 그러나 사랑으로 그대를 더는 근심케 하지 않으려니 나 무엇으로도 그대를 슬프게 하지 않으리라."
재혁	"나는 그대를 사랑했습니다. 말없이, 희망 없이 때로는 수줍어서, 때로는 질투로 괴로웠으니. 나는 그대를 사랑했습니다. 진실로, 부드럽게 그대 부디 다른 이의 사랑이 되시기를 바랄만큼."
소진	이게 진심이었을까.
재혁	그럴 수도 있더라고.
소진	어쨌든 집착하면 힘들어져요. 미저리는 면해야죠.
재혁	공공의 평화를 위하여. (담배를 갑에 넣는다. 휴대폰이 울린다.) 나야, 이 기자. 정현이 매니저가 전화를 안 받네. (사이) 이제 개인 스케줄은 와이프가 관리하잖아. 말해둔다는 게 깜박했네. 정현이 와이프, 본 적 있지? (웃는다) 그래, 미인이니까 기억할 줄 알았어. 나도 제수씨 확실히 기억나거

든. 오늘도 수고.

소진 (재혁이 전화를 끊자마자) 누가 누구 매니저요?

재혁 가연 씨가 정현이 매니저.

소진 그럼 대표님은?

재혁 가연 씨가 하고 싶대. 그게 마음 편할 것 같다고.

소진 몇 년 동안 뭐하고 이제 와서?

재혁 본인이 좋으면 하는 거지. 뭐 어때.

소진 하여간 웃기는 사람이야. 아니, 사람들. (살짝 재혁에게 눈을 흘긴다) 이거. OST 어떡해요? 음반사에서 내일까진 연락 달라던데요.

재혁 생각 좀 해 보자… (협박장을 꺼내 본다) 결국 이걸 누가 보냈느냐가 문제야. 정말 언론에 찌를 생각인지, 아니면 그저 협박인 건지. 음반 안 나와서 덕 볼 사람이. (말을 멈춘다)

소진 몇 만장 팔 것도 아닌데.

재혁 그거 줘 봐.

소진 뭘요?

재혁 '정현이' 답장. (편지와 봉투를 자세히 들여다본다.)

소진 그게 왜?

재혁 (사이) 아냐, 됐어. (편지를 돌려준다) OST 진행하자. 괜찮을 거야.

소진 경찰서 가려고요?

재혁 안 가도 되겠어. (팩스를 다시 훑어본다) 음반사엔 내가 전화할게. 소진 씨는 배송 준비하자.

소진　　네.

재혁　　지금 좀.

소진은 고개를 끄덕이고 나간다. 재혁은 협박장을 다시 본다. 그
자리에 주저앉는다.

재혁　　… 뭘 더 어떻게 해 줄까. 내가 어쩌면 좋겠니.

3장

재혁은 분장실에 앉아 서류가방을 정리한다. 떨리는 손으로 담배
를 피워 문다. 소진은 로비에서 관객들에게 뮤지컬 음반을 판다.
1막과 달리 능숙하다.

소진　　〈뮤지컬 돈 조반니〉 OST입니다. 여기 샘플 보시구요. 감
사합니다. 2만 원입니다. 오늘 나왔어요. 초콜릿페이 결제
됩니다! 오늘 막공 후에 리셉션 있습니다. 연장은 지방 투
어 끝나고요. 공연장은 여기예요. 캐스팅은 몇 분 변경될
수도 있습니다. 결정되면 공식계정에 올라가니 팔로우 해
주세요.

엘리베이터 문이 열리고 가연이 내린다. 빈틈없는 정장차림. 행사

준비를 감독하듯이 로비와 객석을 한 바퀴 둘러본다. 소진은 일하면서 그녀의 동정을 살핀다. 가연은 당당하게 소진에게 다가와서 손을 내민다.

가연 드디어 나왔네. 나도 하나 줘 봐요.

소진은 말없이 음반을 한 장 건네준다. 가연은 음반을 쓱 훑어보고 상냥하게 웃는다.

가연 고마워요. 소진 씨. 요즘 좋아 보이네요.
소진 (경계하며) 매니저님도요.
가연 그 귀고린 다시 봐도 예쁘네. 대표님 어디 계시죠?
소진 분장실에요. (가연이 돌아선다) 지금 바쁘세요.
가연 (미소를 잃지 않고) 일 때문에 왔어요.

가연은 분장실로 들어간다. 재혁은 여전히 담배를 물고 있다.

재혁 늦었네. 이쪽은 거의 끝났어.
가연 사무실 가보니 비었던데?
재혁 먼저 철수했어. 오늘 무대까지 전부 빼려면 시간 없어.
가연 꼭 오늘 해야 돼?
재혁 여기 대관료 알잖아. 연장은 계약했어.
가연 줘봐. (계약서를 훑어보며 지나가는 말처럼) OST 나왔더라?

재혁	그래. 오늘. (담배를 끈다) 늦었지. (그녀를 쳐다본다)
가연	왜 장초를 버려. 아깝게.
재혁	(차분하게) 한 대 줄까?
가연	(집요하게) 비싼 걸 텐데.
재혁	얼마 안 해, 생각보다.
가연	재혁 씨였구나.
재혁	그래, 나야. (협박장을 꺼내 보인다) 이거, 모르고 보냈어?
가연	심증은 있었지. 몬테크리스토. 정현 씨였으면 했는데. 약점이라도 하나 잡아볼까 해서.
재혁	그리고 내가 어떻게 나오나 궁금했겠지.
가연	그래.
재혁	정현이는 아냐. 그건 내가 알아. 당황할 이유가 없어.
가연	좀 실망인데.
재혁	내가 모를 거라고 생각했어?
가연	글쎄.
재혁	소진이한테는 왜 그런 거야?
가연	내가 뭘?
재혁	가짜 답장. (협박장을 들어 보인다) 이 협박장하고 소인과 봉투가 같아. 무엇보다도 당신이라면 이러고도 남아.
가연	자기가 할 소리는 아닐 텐데?
재혁	그 친구를 위해서였어.
가연	그래서 결국 어떻게 됐어?
재혁	적어도 내용은 진심이었어. 소진이도 그걸 인정했고. 그런

데 이건 다르잖아.

가연 뭐가 달라?

재혁 이런다고 얻을 게 없어. 두 사람 다.

가연 환상이야.

재혁 뭐?

가연 이제 돈 조반니는 권총이 아니라 투신자살을 해. 소진이 편지에 그런 말이 있길래 내가 바꾸자고 했어. 그 앤 정헌 씨가 자기 말을 들어줬다고 생각하겠지. 좋잖아? 이것처럼 좋은 건 없어. 그러니까 답장을 의심할 필요가 없지.

재혁 사람 갖고 장난치지 마. 그리고 소진이 당신이 생각하는 것만큼 바보가 아냐.

가연 장난 아니야. 난 걔 대단하다고 보는데. 바보도 아니고 망상도 아니야. 정말로 좋아해서 행복한 거야. 하지만 난 그럴 수가 없어.

재혁 그래서?

가연 알아보고 싶었어. 행복이란 게 있는지.

재혁 뭐?

가연 그 애, 지금 행복해보이지 않아?

재혁 그건 가짜야.

가연 그래, 가짜야. 그럼 난? (침묵) 난 정현 씨 진짜 마누라야. 수천 명의 팬 중에 나 혼자. 이 이상 뭘 더 가질 수 있어? (사이) 내가 행복한 거 같아? (침묵) 그 사람은 하나도 달라지지 않았어. 나하고 결혼했는데 어떻게 그럴 수가 있지. 마치 나란 사람은 처음부터 없었던 것 같아. 내가 그 사람이 필요한 거지, 그 사람은 내가 필요 없어.

재혁　필요해.

가연　(듣지 않고) 왜 그 많은 사람들이 정현 씨를 보는 줄 알아?

재혁　너무 잘났으니까.

가연　그래, 부족한 게 없어. 그러니 텅 빈 사람들이 수도 없이 끌려 들어가는 거야. 나처럼.

재혁　그래.

가연　그래도 좋아. 아무리 봐도 싫증나지 않아. 아무리 안아도 흡족하지 않아. 얼굴을 볼 때마다 항상 처음인 것처럼 새로워. 하지만 난 그 사람을 사랑할수록 더 나쁜 짓을 할 뿐이야. 내가 어쩌면 좋겠어? 하지만 소진이는 달라. 아직 아무 것도 가지지 못했고 아무 것도 써버리지 않았어. 여전히 그 사람 생각만으로도 충만할 수 있어. 난 아직도 사랑을 하고 행복하다는 게 가능한지 알고 싶어. 알아야겠어. 내 것이 되지 않아도 좋아. 내가 뭘 잘못했는지, 어디서부터 잘못된 건지 알아야겠어.

재혁　무섭지 않아?

가연　아니, 환상은 완벽해. 답장을 한 사람이 정현 씨건 아니건 상관없어. 사실 처음부터 상관없었잖아? 그 애는 자기가 원한 걸 가진 셈이니까. 내 환상은 깨어졌지만 소진이 건 고스란히 남아있어. 그게 얼마나 가는지 알고 싶어.

재혁　그래. 그러고 싶으면.

가연   (핸드백에서 연두색 편지를 꺼낸다) 이걸 봐. 진짜 사랑이야. '나는 그대를 사랑했습니다…'

재혁   그건 내 수첩에서 베낀 거야. 푸시킨이지. (침묵) 사람 마음은 다 똑같은가봐. 나도 마찬가지야. 당신을 부드럽게, 희망 없이 사랑했지.

가연   … 김새네.

재혁   (미소 짓는다) 그래도 정말이야. 마음은 내 마음이니까. (편지의 마무리 부분을 읽으며) 만나자는데?

가연   그래.

재혁   결국 이걸론 충분치 않은 거야.

가연   아니, '아무 사심 없이' 곁에 있고 싶은 거야. 그건 사진을 보고 있어도 마찬가지일걸.

재혁   그럴까.

가연   그럼 재혁 씨는 어때? (재혁의 얼굴을 손으로 감싸고 들여다본다) 이걸로 충분해?

재혁   아니.

가연   (재혁을 안고 목에 키스한다) 그럼 이거면 돼?

재혁   이러지 마.

가연   날 사랑해?

재혁은 한숨을 쉬고 조용히 가연의 어깨를 감싸 안는다. 로비 한 구석에 조명이 들어온다. 소진이 편지를 쓰고 있다.

소진   욕망은 채워지지 않고 고통은 익숙해지지 않는 것이 본성일 테지요. 고통은 그 자리에 머물지 말고 일어나 떠나라는 각성의 목소리, 욕망은 달성하는 순간 손가락 사이를 미끄러져 나가는 내용 없는 기표. 욕망은 고통을, 고통은 변화를 가져옵니다. 저는 이제 두 달 전, 그대를 처음 알던 그 사람이 아닙니다만 어느 때보다도 본래의 저 자신과 가깝습니다. 그대는 사랑하기 편한 사람이라 쉽게 외로운 이들을 끌어당기지만 그대 자신은 소모되지도, 이용당하지도, 가려지지도 않을 것을 압니다. 그대 목소리는 차마 기대할 수 없는 것을 한 번 더 기대하라고 사람을 다독이고 저는 못이기는 척 한 걸음 더 가 보기로 합니다.

소진이 나가고 그녀를 비추던 조명이 꺼진다. 가연과 재혁은 그대로 있다.

가연   이제 내가 어떻게 했으면 좋겠어?

재혁   하고 싶은 대로.

가연   다 해봤어. 아무 소용없다는 걸 알아버렸고.

재혁   그럼 이제 더 바라는 게 없어?

가연   당신이 원하는 대로 하고 싶어.

재혁   내가 원하는 것….

가연   뭐든지.

재혁   생각 안 해 봤어. 아주 오랫동안.

가연	이혼할까? (침묵) 날 좋아하는 건 내가 정현 씨 마누라기 때문이지?
재혁	(웃는다) 먼저 찍은 건 난데.
가연	난 처음부터 정현 씨 팬이었어. 그러니까 당신은 정현 씨를 좋아하는 여자를 좋아하는 거지? 나도, 소진이도.
재혁	(피식 웃는다) 알면 됐어.
가연	거 봐, 우린 이미 버린 몸이야. (재혁에게 키스하고 웃는다) 나도 소진이가 아니었으면 자기랑 이런 사이가 아니었을 거야.
재혁	소진이 어쩔 거야?
가연	뭘?
재혁	만나자고 했잖아.
가연	당연히 못 본다고 했지.
재혁	이런 짓이 얼마나 갈 거 같아?
가연	욕망이 소진될 때까지. 때가 되면 걔가 알아서 정리할 거야.
재혁	위험해.
가연	누가?
재혁	소진이.
가연	그럼 난?
재혁	자기도. 더 멀리 가기 전에 돌아와.
가연	어디로 돌아갈까?
재혁	… 처음으로.
가연	그럼 정숙한 마누라네. (웃는다) 그래도 좋아?

재혁　그래, 당신만 좋다면.

가연　그럼 자기는 뭐가 돼?

재혁　내가 왜.

가연　자기가 바라는 걸 얘기해.

침묵. 재혁은 서류를 정리해서 모두 가방에 넣는다.

재혁　〈돈 조반니〉 어때? 공연 볼수록 괜찮지? 관객들이 참 좋아
　　　했어.

가연　갑자기 무슨 소리야?

재혁　정현이도 근사하게 나왔지? 그 녀석이 유명해지고 좋아하
　　　는 음악 할 여건이 되니까 좋지 않아? 수정이가 뜨고 싶다
　　　고 해서 띄워줬더니 진짜 떴어. 소진이가 자살한 것보다
　　　지금 살아 있는 게 더 좋아, 그렇지 않아? 당신은… 혼자
　　　매달리기 싫다고 해서 내가 매달렸어. (사이) 하지만 전부
　　　다 별거 아니잖아?

가연　그래. 별거 아니야.

무전기의 소음.

무전기　(소진) 대표님, 커튼콜 이제 끝났어요. 박수가 15분이나 안
　　　끝나서요.

재혁　예정대로 리셉션 진행하세요. 11시 안으로 정리하겠습니

다. 무대 철수 시작하시고요.

무전기　(소진) 알겠습니다.

재혁은 무전기의 전원을 끄고 리시버를 뺀다.

재혁　그 별거 아닌 게 끝났군.

가연　고생했어.

재혁　(계속한다) 실은 아무 것도 아니지. 하지만 어쩌겠어. 그게 지금껏 내가 한 일 전부인걸.

가연　그래도… 마음먹은 대로 다 한 거 아니야?

재혁　아무 소용없어. 난 도움이 되지 못해. 누구에게도. 하지만… 난 가진 걸 다 써버린 것 같아.

가연　유능하잖아, 누구보다.

재혁　그걸 다 해먹었다는 얘기지. (담배 한 개비를 꺼낸다) 오래 됐어, 이거.

가연　끊어.

재혁　아파서 그래. 이번에 작업하면서 양이 늘었어. (사이) 소진인 날 동정하지. 그럼 당신은? (사이) 정현인 이제 내가 필요 없어. 실은 처음부터 필요 없었지. 내가 아니라도 누구든 도와주게 돼 있어. 난 당신을 사랑하는 걸까? 당신이 이혼하고 내 것이 되면 좋을까?

가연　그런다고 했잖아.

재혁　남정현에게 만족하지 못하면서 나에게 만족할 수 있을 것 같아?

가연 그래도….

재혁 정현일 차지해. 아직 몰라서 그렇지 그럴만한 가치가 있어. (사이) 그 녀석 목소릴 듣고 있으면 살고 싶어져. 그래서… (사이) 어쩌다 여기까지 온 거지?

가연 그냥 과로야. 피곤해서 그래.

재혁 욕망이 사라지기엔 아직 젊지. 다시 시작하기엔 너무 늦었고. 그냥… 중간에 그만두면 안 될까, 무책임하게.

가연 뭘?

재혁 '인생의 절반, 어두운 숲에서 길을 잃었다.'

가연 그렇다고 꼭 지옥을 헤맬 건 없잖아.

침묵. 재혁은 담배에 불을 붙이려다 다시 그만둔다.

재혁 노래를 하고 싶었어. 집에선 달갑잖아 하시더군. 없는 집 자식이 허파에 바람 들어가서 부르주아 흉내 낸다고. 어렵게 선생님을 만났는데 갑자기 돌아가셨어. 또 다른 선생님은 석 달 만에 이민을 가시더군. 갖은 수단을 다 써서 장학금을 탔는데 성대 결절이 왔어. 이런 사연이야 흔해 빠졌지. 하지만 그것도 어느 정도를 넘어서면 팔자가 되는 거야. (사이) 내가 원하는 건 절대로 얻을 수 없어. 그러니 바라지 않는 편이 낫지. 적어도 위경련은 안 생기니까. (사이) 내 소망은 남들에겐 성가신 일이지. 그래서 포기

했어. 나만 포기하면 되니까. (불이 붙지도 않은 담배를 재떨이에 비벼 버린다) 그럼 모두가 편해. 내가 원하는 걸 포기하니 남들이 원하는 걸 알겠더군. 그래서 그렇게 했어. 남들이 원하는 대로. (붕대를 감은 손을 내려다본다) 갑자기 모든 일이 너무 잘 풀리기 시작했어. 내가 유능하다고 했지? 나도 뭐가 어떻게 된 건지 몰라. 그냥 손대는 것마다 성공이었어. 남정현은 내 히트작이야. 〈돈 조반니〉는 그 절정이고. 내 꿈, 망상, 미친 생각들, 찢어진 모든 것. 아무 소용없다는 걸 알면서도 빠져들던 그 환상을 무대 위에 올려놓은 거야. (무대로 나가는 문을 본다) 그런데 막상 만들고 나니 이번엔 산산이 부숴버리고 싶더군. '멈추어라, 너는 참으로 아름답다.' 그 다음 장면은 필요 없는 거야. 낡아버리기 전에 부숴버리는 것이 나아. 하지만 난 그럴 권리가 없어. (사이) 그렇게 나와 닮은 녀석들을 찾아다 무대 위에 세워놓고 쳐다만 보고 있었어. 10년 동안. 손에 쥘 수도 없고 놓을 수도 없는 그 갈망을 목구멍으로 쑤셔 넣으면서 그 녀석들이 자라고 스타가 되고 떠나가는 걸 지켜봤어. (문을 바라본다) 나라면… 저기 서 있는 게 나라면… 단 한 번이라도. 하지만 단 한 번도, 장난으로라도, 꿈에도 허락되지 않았어. 마치 누군가 일부러 막는 것처럼. 이렇게.

재혁은 주먹으로 문을 친다. 붕대 위로 피가 배어 나온다. 그는 문에 등을 기대고 오른손을 들여다본다.

재혁　　마이다스의 손이라. 마이다스의 황금은 타인을 위한 거야. 내 몫은 없어. 내 것은 손대는 것마다 돌로 변했어. 그래… 사람은 자기를 위해 살 수 없어. 다들 남 좋은 일로 평생을 낭비하잖아. 부모에, 자식에, 일에, 세상의 온갖 요구에 매여서. 하지만 그런다 해도 누구도 만족하지 않아. 누구도 고마워하지도 않고, 행복하지도 않아. 하지만 (웃는다) 정현이는 예외야. 언제나 그랬지. 천부적인 재능, 외모, 가정환경, 좋은 성품에 사람 복도 있지. 스승도 친구도 있고 따르는 사람도 많아. 그렇게 잘났어도 미운 구석이 하나 없어. 그 녀석이라면 자기 하고 싶은 대로 해도 괜찮아. 그게 남들에게도 좋으니까. 봐, 좋아하는 사람이 어디 한둘이야? 난 그저 거기 한몫 끼어서 기생했던 거야.

가연　　재혁 씨, 그건 억지….

재혁　　질투하는 게 아냐. 나 같은 게 무슨. (웃는다) 그저 내 손을 빠져나간 것들이 정현이에게 아낌없이 쏟아지는 것을 보면서 아, 난 안 되는구나. 나는 나니까, 정현이가 아니니까. 그냥 그렇게 정해져 있는 것 같았어. 산더러 왜 거기에 있느냐고 물을 수는 없잖아. 산에 가로막힌 게 내 잘못은 아니지만 산의 잘못도 아니야. 하지만 갇힌 사람은 벽을 두드리는 것밖엔 할 수 있는 게 없어. 아무 소용이 없다 해도 적어도 벽을 치는 게 죄는 아니니까. 벽은 다치지 않아.

가연　　그건 문이야….

재혁　　잠긴 문이지.

가연   하지만.

재혁   (여전히 피가 흐르는 손을 들어 보인다) 이게 내가 원하는 거야. (침묵) 벽을 치고 싶어. 아무 소용없다 해도 상관없어. 유일하게 허락된 거니까. 남 좋은 일도 아니고 민폐도 아니지. 문제가 되는 건 나뿐이야. (가연을 쳐다본다) 허락해줄 거야?

가연   뭘?

재혁   난 결정할 권리가 없어.

가연   ….

재혁   그만 해도 될까? 이제.

가연   재혁 씨, 정신 차려.

재혁   제정신이 아닌지는 벌써 오래됐어. 억지로 버텨왔을 뿐이지. 이젠 피곤해.

가연   날 위해서라도….

재혁   당신은 내가 필요 없어. 알고 있을 텐데. (희미하게 웃는다)

가연   사랑해.

재혁   꼭 한 번 거슬러도 될까.

가연   ….

재혁   어쩌면 이것도 내가 원하기 때문에 허락되지 않을지도 몰라. 허락된다면 내 마지막 소원을 이루는 셈이고 아니라면 살아남겠지. 당신이 원하는 대로. 어느 쪽이든 나쁠 건 없어.

재혁은 서류 가방에 자기 휴대폰과 무전기를 넣어서 가연의 앞에

놓는다. 열쇠 꾸러미를 가방 위에 올려놓는다.

재혁   부탁해.

가연   믿을 수 없어. 이렇게 갑자기.

재혁   (웃는다) 난 당신을 믿는데.

소진이 들어온다.

소진   무전기 꺼 두셨던데요? 리셉션 끝나가요.

재혁   가연 씨가 나갈 거야.

소진   하지만 다들 기다리시는데.

재혁   난 일이 좀 있어서.

소진   어디 가요?

재혁은 소진의 손을 잡고 키스한다. 소진은 놀라지만 순순히 받
아들인다.

재혁   참 부드러운 사람이었구나.

그는 엘리베이터로 간다. 소진은 자기 손을 내려다본다. 쪽지가
쥐어져 있다. 펴 본다.

소진   (읽는다) '누구의 책임도 아니며 저의 허물 역시 아닙니다.

그러니 흔한 일이려니 하세요.'

엘리베이터의 숫자가 올라가기 시작한다.

가연 그건.

소진 유서예요. 제가 썼던. (엘리베이터로 달려간다) 잡아야 돼요.

가연 놔둬요.

소진 뛰어내릴 거야. 확실해요.

가연 그 사람이 원하는 일이야. 마지막으로. 그러니까 안 될 거야. 못 뛰어내려. (악을 쓴다) 자기가 원하는 건 못해. 절대로. 단 한 가지도. 그러니까 이것도 못할 거야.

소진 미쳤어, 둘 다.

가연 제발 놔 둬. 해보기라도 하게. 이것만이라도.

소진 비상정지. 난 잡아야겠어요.

소진은 가방 위에 놓인 열쇠 꾸러미를 잡는다. 무대로 향하는 문이 달그락거린다.

정현 (목소리) 형, 나야.

두 사람은 흠칫 놀라 마주본다. 소진은 엘리베이터의 숫자를 본다. 20층을 넘어서고 있다. 정현은 부드럽게 문을 두드린다.

정현   (목소리) 할 말이 있어. 좀 열어 봐.

서서히 어두워진다. 엘리베이터가 올라간다. 노크 소리도 계속된
다.

끝.

한국 희곡 명작선 82

욕망의 불가능한 대상

초판 1쇄 인쇄일   2021년 11월 25일
초판 1쇄 발행일   2021년 11월 30일

지 은 이   신영선
만 든 이   이정옥
만 든 곳   평민사
             서울시 은평구 수색로 340 〈202호〉
             전화 : 02) 375-8571 / 팩스 : 02) 375-8573
             http://blog.naver.com/pyung1976
             이메일 pyung1976@naver.com
등록번호   25100-2015-000102호
ISBN   978-89-7115-796-1 04800
             978-89-7115-663-6 (set)
정   가   8,000원

이 책은 사단법인 한국극작가협회가 한국문화예술위원회의 2021년 제4회 극작엑스포
지원금을 받아 출간하였습니다.